CAVO

Joe Cepeda

¡Me gusta leer!™

HOLIDAY HOUSE • NEW YORK

Library of Congress Cataloging-in-Publication Data

Names: Cepeda, Joe, author, illustrator. | Del Risco, Eida, translator.
Title: Cavo / Joe Cepeda ; Spanish translation by Eida del Risco.
Other titles: I dig. Spanish
Description: First Spanish language edition. | New York : Holiday House,
[2021] | Series: ¡Me gusta leer! | Originally published in English in
2019 under title: I dig. | Audience: Ages 4–8. | Audience: Grades K–1.
Summary: "At the beach, a boy digs a tunnel where he finds a crab,
starfish, and best of all, a dog"— Provided by publisher.
Identifiers: LCCN 2020030779 | ISBN 9780823449620 (trade paperback)
Subjects: CYAC: Excavation—Fiction. | Beaches—Fiction. | Spanish language materials.
Classification: LCC PZ73 .C3835 2021 | DDC [E]—dc23

ISBN: 978-0-8234-4962-0 (paperback)

Para la escuela primaria Lou Henry Whittier,
de Whittier, California

Mira.

Mira.

Mira.

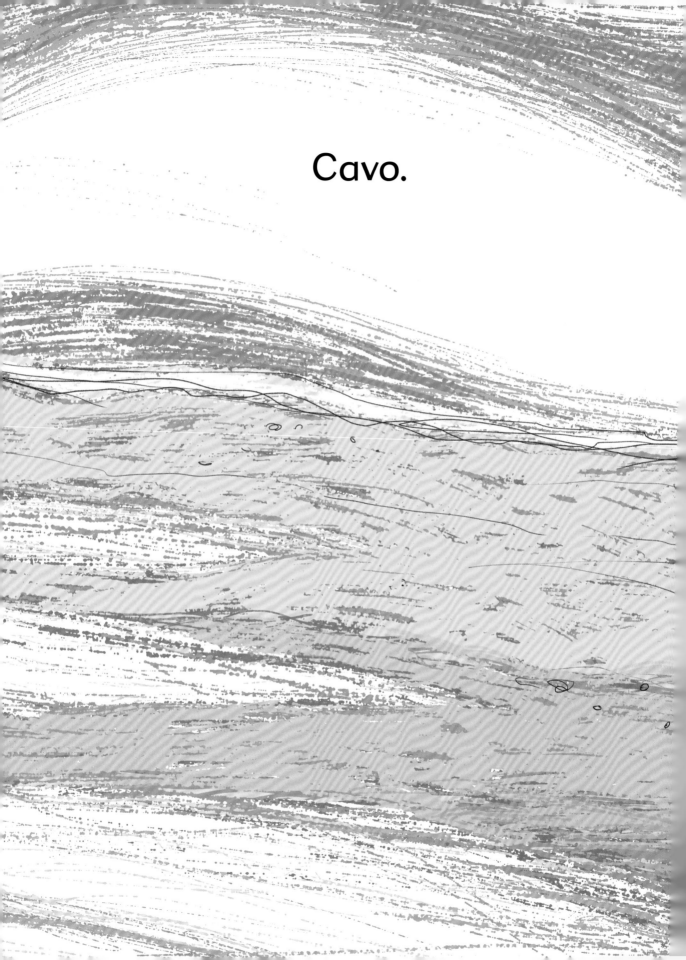

Cavo.

Veo un cangrejo.

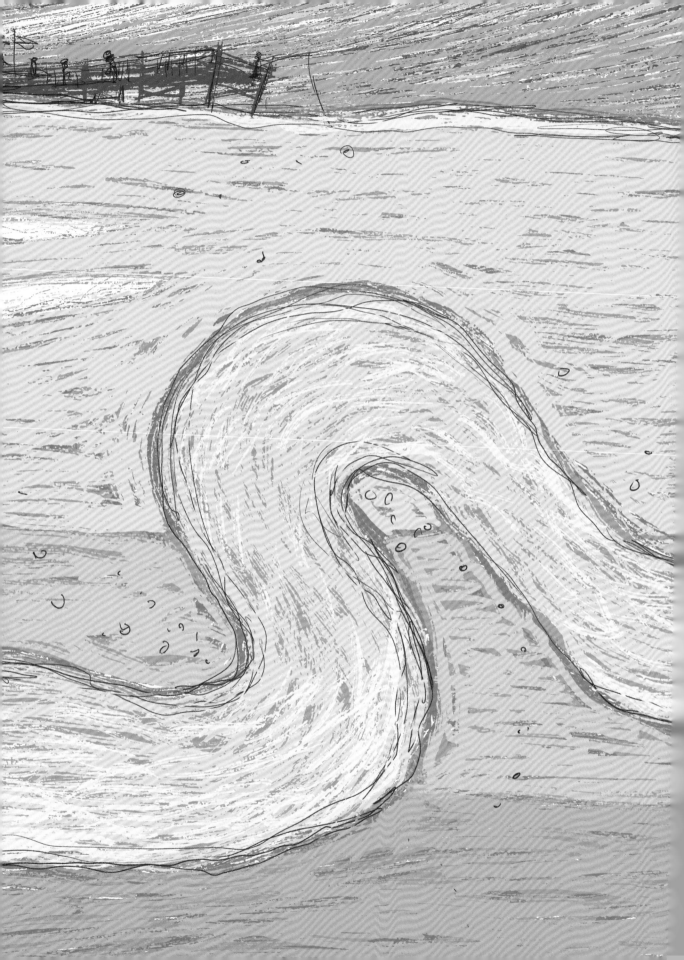

Veo estrellas.

Veo un perro.

Sigo.

Él sube.

Me acuesto.

Veo estrellas.

¡Me gusta leer!

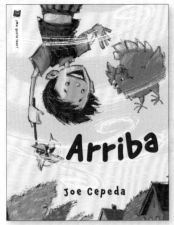

Arriba
Joe Cepeda

Veo
Joe Cepeda

Me gusta la granja
SHELLEY ROTNER

Veo y veo
TED LEWIN

¿Dónde está mamá?
PAT CUMMINGS

¡A mí no!
Valeri Gorbachev

CABALLO Y MOSCA
¡BAILA, BAILA, BAILA!
Ethan Long

MIRA CÓMO CORRO
Paul Meisel

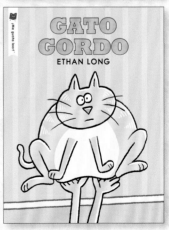

GATO GORDO
ETHAN LONG